Liebe & Hiebe Teil 2

Autor: Gundula Evens

Serie die kleinen Spanking Hefte

Band 7

Die Autorin Gundula Evens ist eine deutschstämmige New Yorkerin. Sie lebt seit zehn Jahren in dieser Metropole und ist seit ihrem neunzehnten Lebensjahr eine begeisterte Spanking Anhängerin. Sie hat in diese Richtung sehr viel probiert, ist aber zu der Überzeugung gekommen, dass für sie nur das sinnliche, spielerische und stimulierende Spanking als Vorspiel infrage kommt.

Gundula Evens vollendete im Dezember 2013 ihr dreißigstes Lebensjahr und blickt auf über elf Jahre Erfahrung als Spankee zurück. Sie hat sich in der Zeit auf die unterschiedlichsten Spanking Session eingelassen.

Bisher erschienen

„Die Kleine Nimmersatt"	E-Book Kindle Amazon Taschenbuch Amazon
„Der Spanking Stammtisch	E-Book Kindle Amazon Taschenbuch Amazon
„Domestic Discipline"	E-Book Kindle Amazon Taschenbuch Amazon
„Der Wunsch nach Hieben"	E-Book Kindle Amazon Taschenbuch Amazon
„Farm der Reue"	E-Book Kindle Amazon Taschenbuch Amazon
„Liebe & Hiebe"	E-Book Kindle Amazon Taschenbuch Amazon

Spanking@ist-einmalig.de

New York
 1. Auflage November 2014

Was bisher geschah

Jenny und Janina
Auf einer Reise durch Mexico kommen zwei junge Frauen
auf das Privatgelände einer Sekte. Das Gelände ist ein
Nudist Resort. Es ist nicht erlaubt Kleidung zu tragen. Die
Sekte pflegt auch absolute sexuelle Freizügigkeit. So
geraten Jenny und Janina auch in Schwierigkeiten. Auf
dem Gelände der Sekte gelten deren Gesetze. Verstöße
gegen die Regeln werden mit körperlicher Züchtigung
geahndet. Janina muss sich einer solchen Züchtigung
unterziehen. Da Janina aber mit körperlicher Züchtigung
groß geworden ist und dabei zur Masochistin konditioniert
worden war, erreicht sie bei den Hieben einen sexuellen
Höhepunkt. Sie gesteht ihrer Freundin Jenny
masochistisch veranlagt zu sein. Jenny neugierig
geworden, bittet ihre Freundin, sie vor der Ausfahrt aus
dem Sektengelände mit dem Schmerzgefühl bekannt zu
machen. So peitscht Janina der Jenny kräftig den Po mit
einer Haselrute und treibt ihre Freundin damit bis in
einen Orgasmus. Jenny war nun auch eingeführt in die
Welt des Lustschmerzes.

Der Arztbesuch

Es war noch früh am Morgen als Janina von ihrer Freundin geweckt wurde. „Was denn los, warum machst du mich denn so früh wach?" Wollte Janina wissen. „Weil es mir nicht gut geht, schau mal ist das nicht übel?" Fragte Jenny und wies auf einen dicken Eiterfurunkel auf ihrer äußeren Schamlippe. „Oh herrjeh, du Arme, das ist ja rundum entzündet. Da gehen wir gleich mit zum Doktor. Wir gehen zu Dr. Will, der ist doch immer ganz nett", entschied Janina. „Nein, ich kann nicht zum Arzt gehen, du hast wohl vergessen was du gestern mit mir gemacht hast. Mein Arsch ist doch mit den Rohrstockstriemen übersäht. Du hast mir doch das Jahrhundertarschvoll verpasst gestern. Das wird man noch in einer Woche sehen, dass du mir den Po versohlt hast. Also nichts mit Arzt, das müssen wir selber in Ordnung bringen", erklärte empört und aufgebracht Jenny. Janina sah ihre Freundin nachdenklich an, dann sagte sie: „Jenny ich bin ja dabei. Wie wir miteinander Sex haben geht niemanden etwas an. Außerdem ist der Dr. Will ja ein verständiger Mann. Der wird uns schon nicht von der Seite anquatschen. Los raus aus dem Bett und unter die Dusche." Janina hatte so bestimmt gesprochen, dass Jenny nicht zu widersprechen wagte und sich aus dem Bett wälzte und ins Bad ging. Janina folgte ihrer Freundin. Während Jenny sich die Zähne putzte saß Janina schon mal auf dem Klo. Die beiden jungen Frauen hatten so ein vertrautes Verhältnis zueinander, dass einer der anderen gegenüber nichts peinlich war. Nachdenklich betrachtete Janina den gestriemten Po ihrer Freundin. Sie dachte, dass sie doch etwas zu sehr zugehauen hätte. Die Striemen waren teilweise so stark ausgeprägt, dass Janina fürchtete sich dafür etwas beim Doktor anhören zu müssen.

Sie waren schnell fertig. Im Treppenhaus begegneten sie Jeff, einen etwa dreißig Jahre alten Mann, der über ihrer Wohnung wohnte. Jeff verachtete die beiden und ließ keine Gelegenheit aus, die jungen Frauen zu kränken. „Na ihr Lesbenschlampen, was habt ihr da gestern Nacht getrieben? War ja mal wieder nicht zum Aushalten Euer Geschrei und Geheul", begrüßte Jeff die beiden verächtlich. Janina verzog angewidert das Gesicht, Jenny blickte peinlich berührt vor sich auf den Boden. „Blöder Idiot", fluchte Janina als sie im Wagen saßen. „Mach Dir nichts daraus Süße, der kann uns doch ganz egal sein. Wegen dem lassen wir uns doch nicht den Spaß verderben. Dieser eingebildete Affe", ergänzte Janina und versuchte Jenny zu trösten. Es dauerte über eine Stunde bis die beiden Frauen den Stadtteil erreicht hatten in dem die Praxis des Dr. Will lag. Zu ihrem Missbehagen erfuhren die beiden, dass der Dr. Will krank sei aber von einem sehr netten jungen Kollegen aus dem benachbarten Krankenhaus vertreten werde. Jenny wollte sofort wieder gehen. Janina aber erklärte: „Das ist doch noch besser, einer den wir nicht kennen und der uns nicht kennt. Komm gib dir einen Ruck, du musst doch behandelt werden." Bald hockten die beiden im Wartezimmer. Jenny fiel das Sitzen sehr schwer, ihr malträtierter Po tat ihr wahnsinnig weh. Glücklicherweise dauerte es nicht lange und Jenny wurde aufgerufen. Die freundliche Arzthelferin führte die beiden in den Untersuchungsraum und bat dann Jenny sich schon einmal für die Untersuchung frei zu machen. Jenny lag mit dem Rücken auf der papierabgedeckten Untersuchungsliege. Sie war von der Hüfte an nackt. Sie hatte ihre Jeans und das Höschen abgelegt und nur noch die weißen Söckchen an. Ihre Beine hatte sie angewinkelt und etwas gespreizt, um dem Doktor die Sicht auf ihren Furunkel frei zu geben. Von einer auf die andere Sekunde verlor Jenny jede Farbe aus dem Gesicht, kreischte auf und hielt sich die Hände vors Gesicht. Janina, die mit dem Rücken zur Tür stand und nicht wissen konnte warum ihre Freundin so reagierte, fuhr herum und erbleichte ebenfalls. Jenny wollte von der Liege fliehen und war dabei sich aufzurichten. Janina war es die als erste die Sprache wiederfand. Sie sprach den Arzt an der den Raum betreten hatte: „Das du Idiot Arzt bist, hätte ich nicht gedacht, geh bitte raus bis Jenny sich angezogen hat." Aber Jeff, es war niemand anderes als eben Jeff, sagte versöhnlich: „Nun beruhigt euch bitte, ich bin als Arzt viel zu professionell um nicht vernünftig hier mit euch umzugehen. Alles was ich hier zu sehen bekomme und was ihr mir anvertraut verlässt nie diesen Raum." Jenny sank mit dem Rücken auf die Liege zurück. Aus der Stellung und Haltung von Jenny schloss Jeff in welcher Region sich Jennys Problem befand. Er sah den extremen Furunkel und sagte freundlich: „Es ist gut, dass ihr gekommen seid, gut dass ihr nicht selbst rumgequetscht habt wie es die meisten tun." Die Arzthelferin kam herein und half Jeff das Notwendige zusammenzusuchen. Mit Latexhandschuhen versehen setzte er sich auf die Liege zu Jennys Füßen. Dann beugte er sich vor und sagte freundlich: „Jenny du wirst gleich ein leichtes Ziepen verspüren. Aber es ist in einer Sekunde überstanden. Ok, kann ich anfangen?" Jenny nickte und sah Jeff, der jetzt sein Gesicht unter einem Mundschutz verbarg in die Augen. Jeff erwiderte den Blick freundlich. Dann neigte er sich ein wenig zwischen ihre Beine und machte zwei sich kreuzende Schnitte, mit denen er den Furunkel öffnete. Jenny verspürte ein Ziepen aber auch sofort die Entlastung. Jeff entfernte den Eiter mit einem Absaugschlauch aus der Eiterhöhle und spülte den leeren Krater mit Wasserstoffsuperoxid. Er brachte einen Pflasterverband an. Er hatte den Mundschutz und die Handschuhe abgelegt und sagte freundlich: „Leg dich mal auf die Seite, ich sehe mir die andere Bescherung auch mal an." Er hatte so freundlich aber auch so bestimmt gesprochen, dass Jenny ihm mit hochrotem Kopf gehorchte. Jeff betrachtete die Hämatome und Striemen, die auf Jennys hübschen Po noch sehr deutlich zu sehen waren. „Mädels, wenn ihr das schön findet, könnt ihr es ja gern machen, aber dieses Mal habt ihr wohl etwas übertrieben. Ich gebe Euch eine Salbe mit, die hilft die Prellungen und Hämatome besser abzubauen. Ich verschreibe Dir auch noch ein Antibiotikum damit wir den Furunkel sicher besiegt kriegen. Dann noch einen schönen Tag euch beiden", verabschiedete sich Jeff. Der Chefrollet rollte vom Parkplatz der Arztpraxis. Die beiden Frauen waren schweigsam. „Der Kerl hat Recht, ich habe es gestern wirklich übertrieben. Hätte dich nicht so doll verprügeln dürfen. Ist irgendwie mit mir durchgegangen, bitte entschuldige das", sagte Janina mit bedrücktem Gesicht. „Ja, schon gut, hab mich gewundert wie er darauf reagiert hat. Jetzt verachtet er uns bestimmt noch mehr. Vielleicht sollten wir da ausziehen. Wer weiß wer noch alles im Haus über unsere kleinen Spielchen informiert ist. Genug Lärm machen wir ja dabei", gab Jenny zu bedenken. „Unsinn, es gibt keinen Grund ein Apartment dort aufzugeben, wir würden nie wieder so günstig wohnen können wie dort", sagte Janina bestimmt.

Ein überraschendes Angebot

Eine Woche nach dem Arztbesuch war Jenny allein im Apartment. Janina war noch im Büro, sie hatte sehr viel Arbeit in der letzten Zeit. Jenny lernte für eine Prüfung und saß gedankenversunken über ihrem Lehrbuch. Das Läuten an der Tür riss sie aus den Gedanken. Wie immer wenn sie lernte saß sie nackt an ihrem Schreibtisch. Für solche Momente wie diesen, dass jemand an der Tür klingelte, hatte sie einen Bademantel an ihrer Garderobe hängen. Sie schlüpfte schnell hinein und öffnete die Tür. Schon durch den Spion hatte sie mit Verwunderung ihren Nachbarn aus der Wohnung über der ihren erkannt. „Guten Tag Jeff, was führt dich denn hierher? Ich dachte du kannst uns nicht leiden?" Fragte sie ihren Besucher. Jeff fragte lächelnd: „Geht es dir denn etwas besser?" „Ja mir geht es gut, der blöde Furunkel ist verheilt und der Arsch sieht auch schon wieder ganz passabel aus. Aber nett das du fragst. Komm doch herein, komm schon, ich mag hier nicht so im Bademantel vor der Tür stehen", forderte Jenny ihn auf. Jeff zögerte nicht die Einladung anzunehmen und kaum hatte sie die Tür geschlossen drehte er sich zu ihr um, sah ihr ins Gesicht und fragte: „Darf ich den Furunkel und deinen süßen Popo mal anschauen?" Jenny hängte kommentarlos den Bademantel an den Haken der Garderobe, betrat dann das Wohnzimmer. Sie lehnte sich an den Tisch und machte die Beine breit um Jeff einen Einblick in ihre äußeren Schamlippen zu gewähren. Jeff schaute sich die Verheilung des Furunkels an, er war zufrieden mit dem Verlauf. Dann drehte Jenny sich um und präsentierte ihren Po. Bis auf eine ganz leichte blaugelbliche Verfärbung an ein zwei kleinen Stellen war ihr Po von den Blessuren genesen. Ganz sanft strich Jeff mit seiner Hand über die Pobacken. Jenny lief ein Schauer über den Rücken. „Schade, dass du nur Frauen magst, ich hätte große Lust dich zu verwöhnen", bemerkte Jeff. Da drehte sich Jenny um, sah ihm in die Augen und antwortete: „Ich mag auch Männer. Blöderweise habe ich Janina versprochen treu zu sein. Wir waren da mal in Mexico in so einem Nudisten Camp, da habe ich das letzte Mal mit einem Kerl Sex gehabt. Und ehrlich, ich vermisse es. Aber ich kann Janina das einfach nicht antun. Daher kann ich nur heimlich mit dir Sex haben wenn du das möchtest. Und gerade heute geht das nicht, sie kommt jeden Moment nach Hause. Ich bin Morgen Mittag von der Uni zurück. Da du ja gerade wohl Nachtschicht hast, komm ich dann so gegen zwei dich wecken. Dann kannst du mich durchvögeln. So und nun hau schnell ab, sonst begegnest du noch der Janina." Sprachlos ließ sich Jeff zur Tür bugsieren und verschwand im Treppenhaus. Kurz darauf kam Janina und küsste ihre Freundin zur Begrüßung auf den Mund. „Jeff war hier, hat einen Hausbesuch bei mir gemacht und geschaut wie es um meinen Heilungsprozess bestellt ist. Er war zufrieden. Er vertritt den Dr. Will nicht mehr. Jeff ist zurück am Krankenhaus. Hab ihn gleich wieder rausgeschmissen. Und ihm gesagt ich wolle nichts mehr mit ihm zu tun haben", log Jenny. „Schön", sagte Janina argwöhnisch. Aber bald war das Thema Jeff vergessen und man machte sich gemeinsam an die Zubereitung des Abendessens. Janina mochte die Schrulle ihrer Freundin, in der Wohnung immer nackt zu sein, sehr. Während Janina den Salat zubereitete stand Jenny neben ihr und schälte Kartoffeln. Und wie so oft, konnte Janina nicht anders, beugte sich zu ihrer Freundin herüber und küsste Jenny die Busen. Jenny erwiderte diese Liebkosung und küsste Janina auf den Mund. Abgelenkt durch diese kleinen Spielereien brauchten die beiden immer eine Ewigkeit bis das Essen auf dem Tisch stand. Beim Abendessen fragte Jenny plötzlich: „Hast du Lust nachher ein wenig zu spielen? Ich hätte mal wieder Lust dir deinen süßen Popo zu versohlen. Ich habe heute Mittag in dem kleinen Blumenladen einen wunderschönen Bambusstock gekauft. Der ist viel dünner als der, den wir sonst immer benutzen, aber auch kürzer. Na Süße Lust auf ein prickelndes Arschvoll?" Jenny hatte sich zu ihrer Freundin herübergebeugt und in einem verführerischen Ton gesprochen. „Zeig mal her das Ding", forderte Janina grinsend. Jenny holte den Bambusstock und gab den

Stock Janina in die Hand. Die ließ den Stock ein paar Male prüfend durch die Luft sausen und befand den Stock als sehr gut. „Ja der ist super, der wird ordentlich zwiebeln. Ich spring schnell unter die Dusche, danach kannst du mir dann den Popo verstriemen. Aber richtig feste heute. Ich brauch mal wieder so einen richtig brennenden Arsch", forderte Janina. Während Janina duschen ging, räumte Jenny auf. Sie dimmte das Licht und stellte Kerzen auf. Die Wohnung war kuschelig warm, schon weil Jenny den ganzen Tag nackt in der Wohnung herumlief, sorgte sie immer für angenehme Raumtemperaturen. Es war zwar ohnehin Frühling und es gab schon recht warme Tage, aber des Nachts kühlte es vom Meer her doch ab. Endlich erschien Janina, nun auch in völliger Nacktheit. Erst einmal nahm Jenny ihre Freundin in den Arm und drückte sie fest an sich, küsste sie auf den Mund und sagte: „Meine süße liebe Freundin, du hast einen so herrlichen Popo. Ich werde schon ganz feucht wenn ich daran denke was ich jetzt mit dir machen werde." Jenny setzte sich auf das Sofa und zog Janina über ihren Schoß. Sie streichelte ihrer Freundin den Po und die Oberschenkel. Beugte sich nieder und küsste die Pobacken die schön rund und fest und makellos vor ihr auf dem Schoß lagen. Jenny befeuchtete ihren Daumen und drückte den Daumen dann ganz vorsichtig in Janinas Spalte. Ganz langsam drang sie gegen den Widerstand der äußeren Schamlippen in das Innere dieser engen aber schon sehr feuchten Liebesgrotte ein. Sie fand den Weg mit ihrem Daumen an die sensibelsten Stellen, dort in der feuchten Tiefe. Janina hatte schon die Liebkosung ihres Popos, die Streicheleien und die Nähe einen Wonneschauer nach dem anderen über den Rücken gejagt. Nun aber, da Jenny ihr stimulierendes Rubbeln in der Festigkeit und Intensität steigerte, driftete sie ganz langsam in einen herrlichen Orgasmus. Mit geschlossenen Augen ließ sie sich in die herrlichen Gefühle fallen. Einmal mehr verstand sie, warum die Franzosen den Orgasmus auch den kleinen Tod nannten. Stöhnend erlebte sie einen herrlichen Höhepunkt, sie öffnete die Augen nicht, sie war nur noch eine Empfindende, eine Fühlende. Wie ein

Skifahrer den Hang heruntersauste, so ließ sie sich über die Wogen der Gefühle gleiten, ängstlich darauf bedacht es möglichst nicht enden zu lassen. Fast von der panischen Angst besessen es könne abrupt vorbei sein. Ihre Freundin jedoch gab ihr die Sicherheit, dass es andauern würde. So begrüßte Janina das Brennen der ersten Klapse mitten in ihrem zweiten wundervollen Orgasmus. Nach wie vor war Jennys Daumen und auch ihre Finger damit beschäftigt der Freundin Lust zu spenden, gleichzeitig jedoch schlug Jenny mit der anderen Hand kräftig auf die ihr dargebotenen runden Pobacken. Jenny schlug so kräftig auf Janinas Po mit ihrer Hand ein, dass ihr sehr bald die Handfläche wehtat. Der hübsche runde Popo hatte sich auch schon in ein sattes Rot verfärbt. Jenny zog ihre Hand vom Geschlecht ihrer Freundin ab, für Janina war es das Zeichen, sich nun über die Sessellehne zu beugen. Kaum hatte Janina ihre Position eingenommen, zwiebelte Jenny ihr den Stock quer über die Pobacken. Janina hatte den Stock falsch eingeschätzt, sie hatte nicht mit so einem schneidend scharfen Schmerz gerechnet. Sie dachte der Stock würde nicht so sehr ziehen, da dieser ja sehr kurz war. Aber sie hatte nicht bedacht, dass der Stock um vieles dünner war als der den sie bisher gewohnt war. Schön beim dritten Streich musste sie schmerzlich aufstöhnen. Das war diese gefährliche Phase, in der der Schmerz, auch als solcher empfunden, in der Lage war die eben noch genossene Lust zu vertreiben. Es würde noch einige Hiebe dauern, bis der Schmerz so überwältigend, das Brennen so unerträglich und das Ziehen so furchtbar war, dass es sich in pure Lust verwandeln ließ. Aber auch Jenny kannte diese Durststrecke und so gab sie sich alle Mühe gleichmäßig und kräftig Janinas Po zu striemen. Es brauchte tatsächlich über zwanzig Hiebe bevor Jenny diese befreienden und anfeuernden Rufe ihrer Freundin vernahm. Janina rief laut und immer wieder: „Ja Jenny, fester, es brennt so herrlich. Fester bitte noch fester!" Für Jenny war es eine wirkliche Erleichterung, wusste sie doch, dass ihre Freundin den höchsten Gipfel der Lust erreicht hatte und die Strecke wo die Hiebe nichts als Weh und Schmerz verursachten überwunden war. Janina

schwang rhythmisch mit den auftreffenden Hieben mit
und rieb ihre Lenden an der Sessellehne. Nach weiteren
zwanzig Hieben warf Jenny den Stock fort, half ihrer
Freundin sich aufzurichten und führte sie auf wackligen
Beinen ins Schlafzimmer. Dort stieß sie Janina auf das
Bett. Brachte sie dazu auf den Rücken zu liegen, spreizte
ihre die Beine und versank mit ihrem Kopf in Janinas
Schoss. Die stimulierende Arbeit die vorher Daum und
Finger übernommen hatten vollführte sie nun mit ihrer
Zunge und das noch viel geschickter. Die große Nässe
ihrer Freundin machte ihr etwas zu schaffen. Durch die
durchlebte Lust und die multiplen Orgasmen war Janina
patschnass. Janina empfand den, ihr entgegengebrachten
Liebesdienst, als unendlich schön, schloss wieder die
Augen um wieder und wieder in den Gipfel der Lust
abzudriften. Als Jenny endlich von ihr abließ war Janina
atemlos erschöpft. Sie ließ sich aber nicht davon abhalten,
nun ihrerseits Jenny den Intimbereich zu liebkosen und
ihrerseits mit ihrer Zunge tief in die Spalte der Freundin
einzudringen. Jenny hatte ihre aktive Rolle aber auch
schon sehr erregt und so fand Janina ihre Freundin schon
in voller Lustbereitschaft vor. Es war spät als im
Apartment die letzte Kerze ausgeblasen und das Licht
erloschen war. Im Apartment darüber war an diesem
Abend niemand, denn Jeff musste Nachtschicht im
Krankenhaus machen. Die beiden jungen Frauen schliefen
schnell ein.

Jeff und Jenny

Jenny schlüpfte schnell in eine Jeans und ein Shirt. Unterwäsche ließ sie fort. Es galt ja nur eine Treppe nach oben zu gehen und dort würde sie sowieso ihre Kleider gleich wieder ablegen. Ein wenig hatte sie ein schlechtes Gewissen. Aber irgendwie wollte sie es aber doch so sehr, dass sie ihre Bedenken bei Seite schob. Sie vergewisserte sich noch wie spät es sei, stellte befriedigt fest, dass es zwei Minuten vor zwei war und verließ auf Flipflops die Wohnung um eine Treppe nach oben zu huschen. Sie klingelte an Jeffs Tür, blickte sich vorsichtig nach allen Seiten um. Glücklicherweise musste sie nicht lange warten. Jeff öffnete ihr, er trug einen Bademantel und hatte noch nasse Haare, er war gerade aus der Dusche gekommen. Jenny trat ein und sagte: „Guten Morgen Jeff, hast ausgeschlafen? Eines mal vorab, um es klar zu stellen, ich will keine Liebesbeziehung zu dir. Ich will, dass wir nur so eine Beziehung haben die auf gegenseitigen Sex basiert. Na eben nur so zum Vögeln, solange wir beide daran Spaß haben." „Ja, ok mehr verlange ich ja auch gar nicht, magst du was trinken?" Bot Jeff ihr höflich etwas an. Jenny musterte in der Zwischenzeit die Wohnung. Jeffs Wohnung war anders aufgeteilt. Die Wohnung war viel kleiner als die, die sie selbst bewohnte. Das Wohnzimmer hatte große Fenster und eine Dachterrasse. Die Küche war mit in diesem Wohnraum untergebracht. Vom Wohnzimmer ging ein weiterer Raum ab. Eine Doppeltür führte in den Raum. Beide Flügel dieser Tür standen offen und ließen den Blick auf ein übergroßes Bett zu. Jeff folgte den Blicken seines Gastes. Als Jenny auf eine weitere Tür schaute die ebenfalls vom Wohnzimmer abging, sagte Jeff erklärend: „Dahinter ist ein kleiner Flur, davon geht das Bad und ein Abstellraum sowie die Gästetoilette ab." „Schön hast du es hier oben, um die Dachterrasse bist du echt zu beneiden. Jetzt sag mal an, wo und wie möchtest du jetzt Sex mit mir machen. Hast du irgendwelche Vorlieben, ich mein so Stellungen? Oder andere Sachen?" Wollte Jenny ganz sachlich wissen. „Lass uns dort aufs Bett, der Rest ergibt sich dann schon.

Komm zieh dich aus", ermunterte Jeff sie, sich auszuziehen. Jenny schlüpfte aus der Jeans und dem Shirt und ging zielstrebig auf das Bett zu. Jeff legte den Bademantel ab. Nun lagen sich die beiden nackt auf dem Bett auf der Seite liegend gegenüber und schauten sich an. Jenny musterte den nackten Jeff. Was sie sah, gefiel ihr. Da Jeffs Männlichkeit noch nicht voll erwacht war, drehte sich Jenny kurzerhand um, so dass ihre Füße nun zum Kopfende des Bettes zeigten, bugsierte Jeff in Rückenlage, setzte sich auf seine Brust, senkte den Kopf ab und nahm Jeffs Glied in beide Hände. Mit dem Mund umschloss sie die Eichel und stimulierte nun mit Händen und Mund. Die Wirkung ließ nicht lange auf sich warten. Als die Festigkeit und Größe vermuten ließ, dass das volle Ausmaß von Jeffs Männlichkeit erreicht sei, richtete sich Jenny auf, hob ihr Becken an und brachte ihre Vulva über Jeffs Glied, führte langsam Jeffs Glied ein und begann einen Liebesritt wie Jeff diesen vorher noch nicht erlebt hatte. Jeff hatte die über ihm hockende Jenny an den Hüften gepackt und half so die Bewegungen zu steuern. Kaum vier Minuten später entlud sich Jeff. Jenny versuchte aber mit Hilfe der Bewegung und ihrer Beckenmuskulatur ihren Gefangenen bei sich zu behalten und direkt neu zu stimulieren. Sie musste einige Wildheit aufbieten um Jeffs Glied zu seiner Pflicht zurückzuführen. Aber endlich gelang ihr das fast Unmögliche durch intensivste Bewegung kehrte Festigkeit und Standhaftigkeit zurück. Die dann folgende sehr viel weniger heftige Entladung bekam sie gar nicht mit, da sie selbst einen Orgasmus erreicht hatte. Schwer atmend lagen die beiden nebeneinander auf dem Bett. „Das war schon mal klasse, das hat mir gefallen", stellte Jenny fest. „So nun mach mal ne Kaffee, damit wir nach einer kleinen Pause nochmal loslegen können, ich habe da noch einen ganz besonderen Wunsch", ergänzte Jenny. Jeff war begeistert von dieser hübschen und so völlig unkomplizierten Frau. Während er den Kaffee machte war Jenny auf die Dachterrasse hinausgetreten. Draußen regnete es. Es war ein typischer Frühjahrsregen. Jenny stand dort nackt im Regen und genoss die kalten Tropfen auf ihrer Haut. Sie genoss die Berührung ihrer nackten Fußsohlen mit den feuchten Terrassenbohlen. Sie war einmal wieder nur empfindend. Diese Sensibilität, dieses genaue Hinfühlen, das auf sich wirken zu lassen was mit diesen Berührungen ausgelöst wurde, es war typisch für sie. Vor sich sah sie einen Stuhl, dessen Sitzfläche aus einem Tuch gebildet wurde. Das Tuch hatte das Regenwasser wie eine flache Schüssel aufgenommen. Jenny konnte nicht anders, sie musste sich dort einfach hinein setzen. Das Wasser schwappte über den Rand hinaus als Jenny sich in die Feuchte niederließ. Sie war ganz vertieft darin die Empfindung, die das kühle Wasser an ihrem Po und an ihrer Muschi auslöste, zu erkunden, dass sie das Herantreten von Jeff gar nicht bemerkt hatte. Jeff reichte ihr den Kaffeebecher und setzte sich zu ihr auf die Terrasse. Da kein weiterer Stuhl vorhanden war setzte sich Jeff einfach vor Jenny auf den Fußboden. Er hatte sich ihr gegenüber gesetzt und seine Beine unter ihren Stuhl gerade ausgestreckt. So saß er ihr gegenüber, nahm nun ihre feuchten Füße und stellte diese auf seine Oberschenkel ab. Er massierte Jenny die hübschen Füße hob dann den einen Fuß an und liebkoste ihre Zehen. Jenny verwunderte diese Behandlung. Sie ließ es sich gern gefallen. Es war ein herrliches und entspannendes Gefühl. Dann ergriff Jenny aber wieder die Initiative und grub mit ihren geschickten Füßen zwischen Jeffs Oberschenkeln sein Glied heraus und nahm es geschickt zwischen beide Füße. Während sie begann Jeff zu stimulieren, der sich jetzt mit dem Oberkörper zurückgelegt hatte und sich auf seine nach hinten gerichteten Arme abstützte, fragte sie: „Jeff magst du mich gleich mal dort drüben an dem Tisch nehmen? Ich beug mich über die Platte und du machst es mir dann von hinten?" „Das geht nicht, du Verrückte, wenn wir hinter dem Mauervorsprung vortreten können uns die aus dem oberen Büro des Hauses gegenüber zusehen", wollte Jeff den Vorschlag zurückweisen. „Das weiß ich, unsere Wohnung hat zu der Seite doch auch ein großes Fenster und ich renn den ganzen Tag nackt in unserer Bude herum. Janina zieht dann immer die Gardinen davor. Aber kaum ist sie aus dem Haus, mach ich die Gardinen wieder zurück und mach meine Morgengymnastik. Ich hab mittlerweile so an die zwanzig Fans, die mir dabei von drüben zusehen. Aber das macht doch nichts, das Bürohaus hat seinen Eingang von der Vierundvierzigsten Straße also unwahrscheinlich, dass einer um den ganzen Block läuft um mir zu begegnen. Außerdem ist die Entfernung ziemlich groß, da muss schon einer ein Fernglas nehmen um mich wieder zu erkennen. Meist sehen die sowieso nur meinen Po weil ich ihnen den Rücken bei den Übungen zudrehe. Also sei kein Spielverderber. Du kannst mich ja da an die schräge Seite stellen. Dann können die nur mich wirklich sehen und sehen dich nur seitlich. Da erkennt dich schon keiner wieder, wenn du dem auf der Straße in Kleidung begegnest", versuchte Jenny ihren Willen durchzusetzen. Jeff Glied war schon wieder fest und stand jetzt nach oben ab. Sei es weil er unter diesen Umständen nicht genug Willensstärke besaß oder weil es ihn irgendwo doch selbst auch reizte, willigte er dann schließlich ein. Jenny sprang auf und begab sich direkt an den Tisch, spreizte die Beine und stützte sich mit den Unterarmen auf der Platte ab. Sie machte ein Hohlkreuz und erleichterte Jeff so das Eindringen von hinten. Jeff hatte Jennys Hüfte gepackt und stieß zielsicher in Jennys offen dargebotene Scheide. Er wandte den Kopf so, dass sein Gesicht vom gegenüber gelegenen Haus in keinem Fall gesehen werden konnte.

Janina ist schockiert

Janina schaute auf ihren Bildschirm und suchte eine Zahlenkolonne. Sie war so konzentriert bei der Sache, dass sie das Kommen ihres Chefs nicht bemerkt hatte. Sie erschrak direkt als sie angesprochen wurde. „He Janina, ich habe da eine Idee, mach du doch heute mal selber die Präsentation beim Kunden, du hast alles ausgearbeitet, warum sollen andere immer die Lorbeeren ernten", schlug ihr Chef vor. Janina lächelte ihren Chef erfreut an und sagte: „Ja gern Bob, das finde ich aber lieb, dass du mir die Aufgabe gibst." Bob war auch zufrieden, dass Janina da einwilligte und ergänzte dann noch: „Und brauchst auch nicht zurückzukommen, das Bürohaus von Sallers ist direkt in der Vierundvierzigsten, da brauchst du zu dir nach Hause ja nur um die Ecke gehen. Der Termin ist um viertel vor drei." Janina machte sich zeitig auf den Weg. Sie war so gefahren, dass sie ihr Auto schon mal in ihrer Tiefgarage abstellen konnte. Ein Abstecher in ihre Wohnung belehrte sie, dass ihre Freundin nicht zu Hause war. Janina maß dem Umstand jedoch keine Bedeutung bei und begab sich wieder auf die Straße um den Weg zur Firma Sallers zu Fuß zurück zu legen. Bei Sallers wurde sie freundlich empfangen und in den sechsten Stock geschickt. Dort in dem oberen Geschoß des Hauses waren die Konferenzsäle. Janina öffnete die Tür des Konferenzsaales und wunderte sich, alle Anwesenden an den Fenstern stehen zu sehen. Irgendein Geschehen da draußen, nahm die Anwesenden so in Anspruch, dass sie Janinas Eintreten nicht bemerkt hatten. Janina, mit einer gesunden weiblichen Neugierde ausgestattet, trat also auch an eines der Fenster. Man konnte die Fassade des Hauses sehen, in dem sie mit ihrer lieben Freundin wohnte. Missbilligend stellte Janina fest, dass in ihrer Wohnung die Gardine zur Straße schon wieder zurückgeschoben war. Dann erreichte ihr Blick das Dach des Hauses und sie sah und erkannte auch gleich wen sie sah, das Liebespaar. Sie brauchte alle Kraft um sich ihre Wut und Enttäuschung anmerken zu lassen. Das Schauspiel da auf dem Dach dauerte noch ein paar

Minuten, dann waren die Akteure hinter dem
Mauervorsprung verschwunden. Gemurmel setzte ein.
Dem Leiter der Veranstaltung war es sichtlich peinlich,
dass Janina mitbekommen hatte, dass alle Anwesenden
da so gespannt zugeschaut hatten. So versuchte er zu
erklären: „Ein Exhibitionistin von gegenüber.
Normalerweise beschränkt sie sich ja darauf uns mit
ihrem hübschen Körper bei der Morgengymnastik verrückt
zu machen. Heute hat sie noch einen draufgesetzt, wie sie
ja selbst gesehen haben." Hier endete er und errötete. Er
ärgerte sich über sich selbst. Hatte Janina sie nicht nur
beim Zuschauen des Paares überrascht, so hatte er
geschwätziger Weise zugegeben, dass hier alle der jungen
Frau zuschauten wenn sie nackt ihre Gymnastik machte.
Daher fuhr er fort: „Aber von der morgendlichen viertel
Stunde kommen unsere schlechten Zahlen sicher nicht,
sie werden da sicher andere Ursachen gefunden haben.
Nicht wahr? Das hören wir uns dann jetzt mal an." Janina
verdrängte vorerst das gerade beobachtete Schauspiel und
gab sich vollends ihrer Arbeit hin.

Die Konsequenzen

Professionell und unterhaltsam trug Janina den Anwesenden ihre Ergebnisse der Betriebsanalyse vor. Sie endete gegen vier Uhr mit einigen Lösungsvorschlägen. Sie wurde mit Lob überschüttet. Janina bedankte sich und verließ das Haus. Sie ging gemächlich um den ganzen Häuserblock herum und gelangte eine viertel Stunde später vor der Eingangstür ihres Hauses. Als sie die Wohnungstür aufschloss kam Jenny ihr entgegengeeilt um sie zu begrüßen. Janina bemerkte Jenny nasse Haare, sie roch nach Shampoo. Also hast du kleines Miststück erst mal geduscht um die Spuren zu verwischen, dachte Janina. Dann sagte sie aber: „Na meine Süße was hast du denn heute so erlebt?" Jenny lächelte und sagte ganz unschuldig: „Nicht viel, war eher ein langweiliger Tag heute. Und bei dir so? War bei dir alles ok." Du kleine verlogene Schlange, dachte sich Janina sagte aber: „Süße ich spring schnell unter die Dusche, bestell du uns doch etwas zu essen ne Pizza oder was vom Chinesen." Jenny wollte lieber vom Chinesen bestellen und so war man sich schnell einig.

Das Abendessen verlief gemütlich. Janina berichtete dabei von ihrem Vortrag. Sie erwähnte wie sehr sie gelobt worden sei und schien einen ausgeglichenen Eindruck zu machen. Ziemlich plötzlich wechselte Janina das Thema und fragte ihre Freundin: „Sag mal Süße bei all den Sachen die wir mit Hieben ausprobiert haben, was hat dir da am Wenigsten gefallen?" Jenny legte den Kopf ein wenig schräg, sie schien nachzudenken, dann sprudelte es aus ihr heraus: „Na die Peitsche auf den Hintern, das ging gar nicht, das zog so bestialisch da kriegt man keine Lustgefühle bei. Die Hiebe auf die Muschi fand ich auch richtig doof genau wie die unter den Fußsohlen. Naja man muss alles Mal probiert haben. Am liebsten mag ich wenn du mich übers Knie legst und mit der Hand verhaust. Naja und von Zeit zu Zeit auch so wie das letzte Mal mit dem Stock. Aber ich mag das eben nicht so heftig wie du es magst." Hier endete Jenny und schaute ihre Freundin fragend an. „Warum fragst du das", wollte Jenny dann wissen. Janina lächelte und antwortete mit einer Selbstverständlichkeit, als teile sie ihrer Freundin mit ihr einen Kuchen backen zu wollen, dass sie vorhätte sie zu bestrafen. Jenny fragte entsetzt: „Aber wofür denn? Ich habe doch gar nichts gemacht?" „Willst Du mir nicht doch liebe beichten was du angestellt hast?" Fragte scharf Janina. Jenny fühlte sich unbehaglich. Sie dachte, dass die Sache mit Jeff es auf keinen Fall sein könne. Wie um Himmels Willen hätte denn Janina davon erfahren können. Doch dann fiel es ihr wie Schuppen von den Augen und sie fragte kleinlaut: „Wann und wo hast du denn deinen Vortrag gehalten?" Janina, die erkannt hatte, dass Jenny nun wusste, dass sie alles gesehen hat, genoss wie sich ihre Freundin fürchtete. Daher sagte sie: „Es war kurz vor drei in dem Bürohaus gegenüber. Allerdings musste ich noch etwas auf die Aufmerksamkeit meiner Zuhörer warten, die waren nämlich mit dem Schauspiel beschäftigt, das sich ihnen auf unserem Dach bot. Da hat sich doch so eine kleine verlogene Schlampe von einem Kerl in aller Öffentlichkeit durchvögeln lassen!" „Janina bitte, bitte verzeihe mir, ich hab dir nur nichts gesagt weil ich dich nicht verletzen wollte. Bitte es ist nichts, nur animalischer Sex ohne jede Bedeutung. Du wirst mir doch verzeihen, oder?" Bettelte Jenny. Janina hatte jetzt einen zornigen Gesichtsausdruck und fragte weiter: „Und was ist mit dem morgendlichen nackten Herumgezappel vor dem offenen Fenster? Warum machst du das?" Jenny grinste und sagte: „Ich bitte dich, es macht mir Freude wenn die mich nackt sehen, das ist doch nun wirklich nichts Schlimmes. Oh bitte verzeih mir doch, ich mach es auch nicht wieder. Komm mir bitte nicht mit Trennung und so einem Unsinn, du weißt doch, dass ich bisschen verrückt bin. Komm vergib mir jetzt sonst kann ich die ganze Nacht nicht schlafen." Janina war immer noch aufgebracht und sagte: „So einfach kommst du mir nicht davon, ich werde dich bestrafen. Ich werde dich streng bestrafen. Danach werde ich dir vergeben. Bis dahin schlafe ich im Gästezimmer." Jenny war erschreckt und versuchte zu retten was zu retten war. Sie flehte: „Janina dann tu es doch gleich, bestraf mich hier und jetzt. Aber bleib bei mir, lass mich bitte nicht allein im Bett liegen. Du kannst machen was du willst, mir den Arsch auspeitschen, die Muschi oder unter die Fußsohlen schlagen, ganz egal, ich halte brav still. Nur verlasse mich jetzt nicht, auch nicht für ein paar Tage." Tränen liefen Jenny über die Wangen. Janina schaute ihre Freundin einige Zeit an, dann sagte sie: „Ok, ich werde bei dir die drei Nächte bis zur Bestrafung schlafen. Ich werde dich Samstag durchprügeln und zwar so, dass du es nicht vergisst. Sei dir sicher, da kommt kein Lustgefühl auf. Wir machen das am Samstag auf der Farm meines Onkels. Spät gingen Sie ins Bett. Janina lag auf der Seite und Jenny kuschelte sich von hinten an sie heran. Janina konnte nicht schlafen ihr ging so vieles durch den Kopf. Janina war im Zweifel ob sie das Recht hatte und ob es ihre zukünftige Beziehung nicht gefährden würde, Jenny zu bestrafen. Jenny hatte ihre Freundin wie immer sanft umfasst und drückte ihre Lenden fest an Janinas Po. Plötzlich machte Janina das Licht an und setzte sich auf. „Jenny hör, ich werde dich nicht bestrafen. Das war eine blöde Idee von mir. Ich habe den ganzen Abend darüber nachgedacht. Ich habe dich ja so kennen und lieben gelernt wie du bist. Und dazu gehört nun mal auch, dass du es gerne mit Kerlen treibst. Auch dein krankhafter Exhibitionismus, den du seit Mexico entwickelt hast, war mir ja im Grunde recht. Also lass es uns so machen, wenn Du in Zukunft mit Jeff oder irgendeinem Kerl schlafen möchtest, dann erzähle es mir und nicht wieder diese Lügerei. Zwischen uns soll diese Sache mit den Hieben ja wirklich eine Verstärkung unserer Lust sein und es war völlig unsinnig von mir dich bestrafen zu wollen. Wer bin ich, dass ich das Recht gehabt hätte. Los komm her du meine liebe süße Jenny", forderte Janina ihre Freundin auf. Sie küssten sich innig und wälzten sich alsbald wollüstig auf ihrem Bett. Sie befriedigten sich gegenseitig mit ihren Zungen. Jenny war eine Meisterin im Oralverkehr und schickte Janina mehrfach in den Orbit der Lust. Endlich schliefen beide sehr zufrieden ein.

Der Reiseplan

„Du Jeff, ich muss dir etwas erzählen. Janina und ich wollen in unseren Ferien noch einmal zu der verrückten Sekte da in Mexico fahren. Hast du nicht Lust uns zu begleiten? Du hast doch auch den ganzen nächsten Monat frei. Ich würde mich freuen", versuchte Jenny Jeff zu überreden, mit ihnen nach Mexico zu fahren. Jeff machte ein bedenkliches Gesicht. Dann nach einem Moment des Nachdenkens sagte er: „Deine liebe Janina toleriert mit Mühe unsere Sexbeziehung hier, meinst du die wäre glücklich wenn ich dabei wäre? Ich würde es ja sogar interessant finden, aber Janina erträgt mich nicht gerne in ihrer Nähe. Hab ja auch selber schuld, war ja auch ziemlich gemein zu euch am Anfang." Jenny grübelte einen Augenblick, dann erhellte sich ihr Gesicht und sie teilte ihre Idee mit: „Ich glaube ich habe die Lösung. Wir müssen mal alle drei was zusammen machen. Nicht etwas unternehmen oder so, ne ich mein Sex. Du vögelst mich ich befriedige Janina oder so. Oder du versohlst uns beiden gleichzeitig zur Stimulation den Arsch. Das wäre mal was ganz Neues. Ich könnte mir vorstellen, dass würde Janina begeistern." „Du kannst es ihr ja mal vorschlagen", lachte Jeff. „Aber ich sehe da schwarz", ergänzte er noch.

Am Abend erzählte Jenny, dass sie bei Jeff gewesen sei. „Und habt ihr es schön miteinander getrieben?" Wollte Janina etwas genervt wissen. „Hat er es dir ordentlich besorgt", schob sie noch zickig hinterher. „Ja es ging, war nicht so gut in Form heute. Aber ich würde mich freuen, wenn ihr beide euch verstehen könntet. Wollen wir nicht mal alle drei etwas zusammen machen, ich mein so mit Sex und so?" Schlug Jenny jetzt vor. Janina schaute ihre Freundin völlig entgeistert an. Janinas Unterlippe zitterte als sie sagte: „Nein und nochmal nein, du hast gesagt es ist nur animalischer Sex. Gut dann lass es auch bitte dabei, ich hoffe bei uns ist es mehr als nur animalischer Sex. Mach du dein Ding mit dem Kerl, aber lass mich damit in Ruhe." Jenny sprach das Thema nicht mehr an. Vielmehr versuchte sie den ganzen Abend Janina zu umgarnen und ihr den Abend so schön wie möglich zu machen. Sie ließ ihrer Freundin keine Arbeit selber machen sondern umsorgte sie liebevoll. Janina deutete dieses Verhalten als Einsicht Jennys. Janina dachte, dass Jenny erkannt hatte, wie sehr sie sie durch ihre Idee, mit Jeff gemeinsam Sex zu haben, verletzt hatte. Tatsächlich wollte Jenny aber nur die gute Stimmung wiederherstellen. Auf der Couch legte sich Jenny quer über Janinas Schoß und ließ sich wie selbstverständlich von Janina den Po mit der Hand ausklatschen. Diese Form des Spankings war die, die Jenny am allerliebsten hatte. Janina war nicht zimperlich, sie klatschte ordentlich auf den Po ihrer Freundin. Erst waren noch differenzierte Finger und Handabdrücke rötlich gefärbt zu erkennen, nach zehn Minuten aber stand Jennys Po ganz und gar in Flammen. Feuerrot schwangen die Pobacken unter den Kräftigen Hieben. Jenny hatte die Augen geschlossen und genoss das Ansteigen des Brennens. Längst hatte sich das Brennen über den ganzen Po ausgebreitet und Hitze und Wärme strahlten bis in den Beckenbereich. Jenny bemerkte eine angenehme schmerzliche Wärme in ihrem Genitalbereich, den sie auch kräftig auf Janinas Schoss rieb. Janina klatschte so sehr auf den vor ihr liegenden nackten Po ein, dass ihr die Hand schmerzte. Gierig sog Janina den herrlichen Geruch ein, der von dem erhitzten Körper ihrer nun in Geilheit abgleitenden Freundin, ausging. Jenny troff nasses Geschlecht sandte einen für sie typischen süßlichen Geruch aus. Und endlich spannte sich der ganze Körper Jenny an, sie machte ein Hohlkreuz und stöhnte in orgastischen Wellen auf. Janina begleitete diese kurz aufeinander folgenden Höhepunkte mit satten klatschenden Hieben. Dann plötzlich hielt sie inne mit Schlagen. Sie bugsierte Jenny so, dass sie Jennys gespreizte Beine über ihre eigenen Schultern schob. Jennys Kopf hing nun zwischen Janinas Oberschenkeln. Während Janina keine Mühe hatte leicht den Kopf zu senken und mit ihrem Mund Jennys offene Spalte zu erreichen. Gierig sog Janina mit ihren Lippen an der feuchten Öffnung, fuhr mit ihrer Zunge sogar hinein um die Klitoris ihrer Freundin zu umspielen. Jenny ihrerseits schob sich soweit an Janinas Mund und Gesicht heran, dass sie selbst so viel höher kam um nun auch Janinas geöffnete Schamlippen zu erreichen. So befriedigten sich die beiden gegenseitig mit ihren geschickten Zungen. Janina sog immer mehr und mehr von Jennys Feuchtigkeit ein und ließ sich das Liebessekret auf der Zunge zergehen. Erst als beide nochmal einen herrlichen Höhepunkt erreicht hatten wechselten die beiden jungen Frauen ins Bett.

Janina war todmüde als am Morgen der Wecker klingelte. Trotzdem zwang sie sich aus dem Bett, sie stand leise und vorsichtig auf, wissend, dass Jenny erst gegen Mittag das Haus verlassen musste. So gönnte sie ihrer Gespielen noch ein paar Stunden Schlaf.

Im Treppenhaus stieß Janina auf Jeff der im Begriff war zur Arbeit zu gehen. Jeff grüßte sie freundlich und sagte dann: „Janina, wollen wir uns nicht heute Mittag in deiner Pause beim Italiener treffen, ich würde gern etwas mit dir bereden." Janina sah ihren Nachbarn argwöhnisch und missbilligend an, sie überlegte einen kleinen Moment, kam dann aber zu dem Ergebnis, Jeff diese Bitte nicht abschlagen zu dürfen. Nicht zuletzt hatte Jeff ihre weibliche Neugier entfacht. Daher antwortete sie kurz und knapp: „Um ein Uhr im Venezia in der fünften, ok." Jeff nickte hob grüßend die Hand und wandte sich dem Ausgang zu, während Janina die Treppe weiter ging um in die Tiefgarage zu gelangen. Jeff hingegen trat auf den Fußweg hinaus, wo bereits ein Taxi auf ihn wartete.

Das Mittagessen

Tatsächlich trat Jeff um exakt ein Uhr durch die Eingangstür des Restaurants Venezia. Janina wartete bereits an einem Tisch am Fenster auf ihn. Sie wollte sich erheben um Jeff zu begrüßen, der gebot ihr jedoch mit einer höflichen Handbewegung sitzen zu bleiben. Der Kellner kam und man bestellte schnell eine Kleinigkeit. Wein wurde aufgetragen und der Kellner entzündete eine Kerze am Tisch. Endlich jetzt allein fragte Jeff gerade heraus: „Liebe Janina, was hast du eigentlich gegen mich?" Janina sah ihrem Gegenüber in die Augen, bemerkte für sich, dass Jeff wunderschöne Augen hatte, sie antwortete ihm: „Ich habe nichts persönliches gegen dich, du bist nur ein Ärgernis in der Beziehung zu meiner Lebenspartnerin. Ich sehe, wie sich Jennys Blick erhellt, wenn sie von dir spricht. Wie sie strahlt, wenn sie von dir erzählt. Vermutlich würde sie mir von dir vorschwärmen, würde sie nicht befürchten mich zu verletzen. Daher freut es mich nicht, wenn Jenny mit dir verkehrt." „ Aber genauso ist es doch wenn Jenny von dir spricht. Ihre Augen fangen an zu leuchten und sie strahlt über das ganze Gesicht. Jenny liebt dich. Sie liebt dich ohne Wenn und Aber", erwiderte Jeff. Janina tat es sehr gut, sie hörte gerne von Jennys Liebe zu ihr. Jeff fuhr fort: „Schau doch Janina, sollte ich mich von Jenny trennen, wird sie andere Kerle finden mit denen sie ihre Lust ausleben kann. Ich bin doch nun wirklich das kleinste Übel. Du kennst mich ein wenig, du weißt, dass ich einen anständigen Job habe, nicht wild in der Gegend herumvögle und nie etwas unternehmen würde um euch zu trennen." Der Kellner kam und brachte das Essen. Eine ganze Weile aßen beide schweigend. Janina war nachdenklich geworden. Dann sagte sie: „Trotzdem, ich kann doch nichts gegen meine Gefühle machen, es verletzt mich jedes Mal aufs Neue wenn ich weiß Jenny ist bei dir. Kommt sie zurück, riecht sie nach dir, gut sie ist rücksichtsvoll genug sofort duschen zu gehen, aber ich bin einfach furchtbar eifersüchtig auf dich. Wenn ich die Macht hätte würde ich es unterbinden. Nur die Gewissheit, Jenny endgültig zu verlieren, sollte ich das versuchen, zwingt mich bei dieser Sache mitzuspielen." Jeff beeindruckte die offene Art Janinas und er begann sie zu mögen. Daher schlug er vor: „Lass uns doch einmal gemeinsam etwas mit Jenny machen, lass uns alle drei einvernehmlich wunderschönen Sex miteinander haben. Und ich meine nicht so, dass ich Sex mit Jenny habe und sie mit dir. Ich mein das schon so, dass ich auch Sex mit dir haben möchte. Schau nicht so entsetzt, ich will dich nicht durchvögeln, ich will dich eben auf eine besondere Art verwöhnen. Komm Janina gib dir einen Ruck und nimm deine Jenny an die Hand und komm heute Abend zu mir hoch. Du wirst sehen, es wird dir gefallen." Janina hatte belustigt aber auch interessiert zugehört. Sie versprach aber keineswegs am Abend zu kommen. Sie beschränkte sich auf die Aussage über den Vorschlag nachdenken zu wollen. So gingen dann beide ihrer Wege. Janina hatte noch viel Arbeit und kam erst spät nach Hause. Jenny war gerade dabei das Abendessen zuzubereiten. Sie war nackt und lediglich mit einer Küchenschürze bekleidet. Janina nahm zur Kenntnis, dass trotz des Lichts in der Wohnung das Rollo nicht vor dem Fenster geschlossen war. Jeder im Haus gegenüber konnte Jenny bei ihrem Hantieren zusehen. Wie Nebenbei und ohne eine Bemerkung zu machen, zog Janina das Rollo herunter. Janina fragte Jenny: „Hast Du heute schon Jeff gesprochen?" „Nein, ich war den ganzen Tag an der Uni und dann einkaufen. Warum? Hast du ihn gesprochen?" Fragte Jenny interessiert. „Ja hab ich, war mit ihm in einen Restaurant, in der Mittagspause. Er möchte, dass wir ihn heute Abend zu zweit besuchen, was hältst du davon?" Wollte Janina wissen. „Das ist super, das wird bestimmt ein riesen Spaß", freute sich Jenny. „Bestimmt", pflichtete Janina ihr halbherzig bei und machte ein bedenkliches Gesicht. Sie aßen zu Abend und erzählten sich gegenseitig die Erlebnisse dieses Tages.

Der Besuch

Dann endlich machten sie sich auf den Weg in die obere
Etage. Jeff erwartete die beiden bereits. Er hatte ein paar
Chips und Erdnüsse auf dem Wohnzimmertisch gestellt
und den Raum allein nur mit Kerzen erleuchtet. An Kerzen
hatte er nicht gespart und so war der Raum durch das
flackernde Flammenmeer tatsächlich erleuchtet. Er bot
den beiden jungen Frauen Getränke an und man setzte
sich auf die breite Ledercouch. Jenny fühlte sich hier
sichtlich zu Hause, sie entkleidete sich sofort, ging ins Bad
und kam mit einem weißen Frottierhandtuch zurück. Sie
warf das Handtuch über die Couch, gerade an der freien
Stelle zwischen Janina und Jeff, den sie für sich als Platz
gewählt hatte. „So und nun? Wie fangen wir an?" Wollte
Jenny belustigt wissen. Jeff lächelte und erklärte:
„Eigentlich wollt ich erst einmal mit euch reden. Mehr
erfahren über euch. Es wäre toll wenn ich euch in eurer
Gefühlswelt verstehe, wenn ich erfasse, was es so
faszinierend macht Scherz zu erdulden. Denn dass es wohl
einigermaßen wehtut, wenn ihr euch da mit Riemen und
Gerten die Popos versohlt, wollt ihr doch wohl nicht
abstreiten oder?" Es war Janina die das Wort ergriff, sie
sagte: „Jeff um uns zu verstehen, musst du erst einmal
verstehen, dass wir anders sind. Wir sind Gefühlsjunkies,
wie andere nach Drogen, Alkohol oder Zigaretten süchtig
sind, sind wir es nach Gefühlen und Empfindungen. Wir
horchen und fühlen in uns herein, wenn wir mit etwas
konfrontiert werden, das ein Gefühl oder eine Empfindung
auslöst, dann nehmen wir es nicht so nebenbei wahr,
sondern wir fühlen hinter der Empfindung suchend her.
Wir erkunden, welche Reaktion das Gefühl oder die
Empfindung noch auslöst. Schau bitte nicht so verwirrt.
Du hast gefragt ich habe dir geantwortet. Aber gut ich
versuche es noch mal etwas genauer, ich nehme ein
Beispiel. Ich bin mit Hieben und körperlicher Bestrafung
aufgewachsen. Ich wurde sogar noch als ich schon
volljährig war verprügelt wenn an der Uni oder so etwas
schiefgegangen war. Oder wenn ich zu spät nach Hause
kam oder beim Autofahren mir ein Ticket eingefangen

hatte. Bei den sonst so prüden Umgangsformen wurde ich bei den Bestrafungen doch gezwungen meinen nackten Hintern zu präsentieren. Dabei fing ich dann an zu beobachten, dass allein die Situation, dort so ausgeliefert über dem Bock, der eigens für solche Anlässe gebaut war, zu liegen, in mir die merkwürdigsten Gefühle auslöste und neben der Angst vor den bevorstehenden Hieben schlichen sich da noch andere Gefühle ein. So Jeff und nun kommt der Teil mit dem ich dich mit Sicherheit überfordern werde. Ich fühlte mich verstanden und geborgen während ich auf die Hiebe wartete. Das Bewusstsein im nächsten Moment sehr schmerzhaft bestraft zu werden, gab mir ein Gefühl der Sicherheit. Dann fühlte ich die kalte Luft an meinem nackten Po. Hörte ich die Schritte meines Onkels, beugte ich mich über den Bock, als Zeichen, dass ich bereit wäre meine Strafe zu empfangen. Oder stand ich in der Stallgasse, dann griff ich die Gitterstäbe der Pferdebox und drückte meinen Po weit nach hinten. Obwohl ich schon oft in dieser Situation gewesen war, war es immer wieder spannend und aufregend. Ich hab mich fast bepinkelt vor Angst und Anspannung vor dem ersten Hieb. Dann klatschte der erste Hieb auf meinen Hintern. Meist war es ja die Peitsche die benutzt wurde. Längst hatte ich gelernt, dass es wichtig war den Po locker zu lassen um die Hautirritationen so gering wie möglich zu halten. Dann explodierte dieses wahnsinnige Brennen auf meinem Hintern. Ich war ganz und gar auf meinen Po konzentriert und sog die Empfindungen geradezu in mich hinein. Fühlte hinter dem Ereignis her, um schon dem nächsten gewärtig zu sein. Endlich nach zehn Hiebe oder ein paar mehr, war der Schmerz so überwältigend, dass ich mit geschlossenen Augen in ein tiefes schwarzes Loch fiel, ich stürzte der Verzweiflung und Panik entgegen. Und dann ganz plötzlich aus dem ganzen Durcheinander meiner Gefühle, wird aus Schmerz, Verzweiflung und Panik die pure mich überwältigende Lust, Zufriedenheit und Geilheit geboren. Damals musste ich mich hüten diese Gefühle zu zeigen und war froh, dass mein Stöhnen und Winden als Reaktion auf den Schmerz gedeutet wurde. Heute ist es so, dass ich mich ja nicht in einer Strafsituation befinde, sondern den Schmerz als Katalysator für die Lust benutze. Wenn Jenny mir den Rohrstock über meine Pobacken zwiebelt, bin ich schon von vorneherein geil. Selten nur, dass ich so etwas wie Furcht oder Panik noch empfinde. Es sind aber derer Gefühle viele, zu viele um sie alle zu beschreiben. Seltsamer Weise gibt es keine Reue es getan zu haben, ganz im Gegenteil, die Beschwerden des folgenden Tages tragen mir die Erinnerung zurück und ich komme wieder in einen Zustand der puren Lust. Eine Kollegin am Arbeitsplatz hat mal zu mir gesagt, dass es Tage gibt an denen sie mich um meine Tagträume beneidet. Ich muss mich da wohl zu offensichtlich hingegeben haben. Jeff, Leute wie Jenny und ich wir erfühlen uns unsere Welt. Wir betasten und befühlen Dinge und Gegenstände. Ein Bezug zu einer Sache intensiviert sich für uns, wenn wir es nicht nur gesehen, gerochen haben. Wir müssen es erfühlen. So setze ich mich mit den nackten Hintern auf einen umgestürzten Baumstamm um das Pieken der Rinde an meinem Po und meiner Muschi zu spüren. Ich sehe schon wieder Jeff, ich überfordere dich. Wie du die Dinge mit den Augen erfasst, so sehen wir mit unserer sensiblen Haut. Also wenn du etwas mit mir machen möchtest, dann könnte ich mir vorstellen, du versohlst mir mit der Hand kräftig den Popo. Das wäre ein Anfang und würde uns beide näher bringen." „Oh ja mach das", stimmte Jenny diesem Vorschlag zu. „Und gleich danach mir", ergänzte sie hocherfreut. Jeff, der aufmerksam und gebannt den Ausführungen gefolgt war, schien etwas ratlos zu sein. Doch dann sagte er sehr ernst: „Oh ja ich will es probieren, vielleicht kann ich dem ja auch etwas abgewinnen. Wo wollen wir es denn machen?" Jenny zog Janina hinter sich her und führte sie ins Bad. Wenige Minuten später waren die beiden jungen Frauen zurück, jetzt waren beide nackt. Janina steuerte auf Jeff zu und legte sich wie selbstverständlich quer über dessen Knie. Direkt vor sich hatte Jeff diesen wunderschönen rundlichen Apfel Po von Janina liegen. Der warme Duft ihres nackten Leibes stieg verführerisch zu ihm auf. Jeff dachte, welch himmlischer Geruch, und er schloss die Augen. Seine eine Hand ruhte auf Janinas

Steißbein, die andere wie selbstverständlich auf ihrem Po. Jenny kniete sich aufrecht auf die noch freie Fläche der Couch und beobachtete neugierig das Geschehen. Jeff öffnete seine Augen, beugte sich vor und küsste enthusiastisch Janinas Po. Er schob seine Hand unter Janinas Scham und massierte ihr die äußeren Schamlippen. Gleichzeitig hob er die andere Hand und ließ diese auf den runden Po heruntersausen. Klatschend zeichnete die Hand ihren Abdruck auf den weißen Po. Es folgte ein kräftiger Schlag nach dem anderen. Janina wälzte sich unter den kräftigen Hieben hin und her. Sie hatte die Augen geschlossen und wunderte sich, dass diese Hiebe, die viel weniger intensiv waren als sie es sonst gewöhnt war, sie schon nach kurzer Zeit sehr erregten. Längst hatte Jeffs Daum sich den Weg in ihre Spalte gebahnt. Jenny driftete mit geschlossenen Augen ihrem ersten Orgasmus entgegen. Es dauerte einige Minuten aber dann hatte Janina die Höhe der Lust erreicht. Jeff hob sie liebevoll auf und brachte sie in Rückenlage auf der Couch zu liegen. Janina öffnete ihre Schenkel weit und ließ mit angewinkelten Beinen Jenny den Zugang zu ihrem Intimsten finden. Janina glatt rasiert und bar jeder Behaarung erwartete Jennys Zunge mit schon weit geöffneter Spalte. Rosa feucht glänzend empfing sie die lustspendende Zunge ihrer Freundin, die sich zwischen ihre Beine gekniet hatte. Jeff der neben der Couch stand begann nun Jenny, die in dieser Stellung ihren Po in die Höhe streckte mit der Hand kräftig die Pobacken auszuklatschen. Janina stöhnte lustvoll und driftete mit geschlossenen Augen ihren nächsten Höhepunkt entgegen. Endlich erschien Jeff der Po von Jenny gereizt und gerötet genug, er kniete sich hinter sie und stieß sein vollkommen erigiertes Glied mit Macht in sie hinein. Es war kein vorsichtiges und gefühlvolles Eindringen, es war plötzlich und kräftig und verursachte bei Jenny ein heftiges Ziehen in ihrer Vagina. Trotzdem empfand sie das grobe Vorgehen als angenehm und presste sich dem Eindringling entgegen. Jeff griff sie an den Hüften und steuerte so seine rhythmisch Stoßbewegungen. Kaum fünf Minuten später waren alle drei vom Liebesspiel erschöpft und lümmelten auf der Couch herum. Jenny lag mit ihrem Kopf auf Jeffs Oberschenkel und spielte an seinem Glied herum. Sie lag auf dem Bauch über den Knien ihrer ebenfalls aufrecht sitzenden Freundin Janina. Janina spielte Jenny mit ihren geschickten Fingern zwischen den Beinen herum, massierte ihr erst die Innenseite der Oberschenkel um dann der Freundin die Schenkel auseinander zu drücken. Janina Finger fanden den Zugang zu Jennys feuchter Liebesgrotte und geschickt stimulierte sie die Zentren der Lust. Jenny war zwischenzeitlich dem sich langsam versteifenden Glied Jeffs mit ihrem Mund näher gekommen und umfasste jetzt geschickt das Glied mit ihren Lippen, während ihre Zunge kreisende Bewegungen auf der Eichel vollführte. Jeff versteifte seinen Oberkörper, als würde er einen Schmerz erleiden. Tatsächlich war diese Liebkosung fast unerträglich schön für ihn. Da es der zweite Erguss war, hatte Jenny nicht allzu viel Sperma in ihren Mund aufzunehmen als Jeff seinen Höhepunkt erlebte. Jenny leckte sich noch die aus ihren Mund heraus tropfenden Reste davon mit der Zunge ab als sie selbst mit geschlossenen Augen, nun heftig von ihrer Freundin mit den Fingern gestoßen, wieder einen herrlichen Orgasmus erlitt. Eigentlich wollten die drei mit dem gemeinsamen Duschbad, bei dem es an gegenseitigen einseifen und befummeln nicht fehlte, den Abschluss finden. Heraus aus der Dusche äußerte Janina plötzlich den Wunsch nach einer Ergänzung des Spiels. Sie sagte: „Leute eigentlich ist mir jetzt nach einem richtigen Arschvoll, ich möchte so richtig den Po ausgepeitscht bekommen, habt ihr dazu noch Lust?" Ohne viele Worte zog Jenny aus der mitgebrachten Tasche eine Peitsche. Die beiden Frauen waren wie ein eingespieltes Team, Janina kniete sich vor die Armlehnen der Couch, rutschte dann so weit hoch, dass ihr Po den höchsten Punkt bildete und ihr Oberkörper auf der Sitzfläche der Couch zu liegen kam. Jeff hatte sich zu ihr auf die Couch gesetzt und nahm nun ihre Hände fest in die seinen. Jeff blickte ihr in die Augen, die weit offen die pure Angst verrieten. Und schon knallte Jenny ihr die Peitsche mit Kraft quer über beide Pobacken.

Jennys Augen weiteten sich erschreckt noch mehr und sie drückte fest Jeffs Hände. In Janinas Augen konnte Jeff sehen, wie sehr Janina unter den nun rhythmisch auftreffenden Hieben litt. Er konnte geradezu nachvollziehen, wie die vor Schmerz stöhnende Janina in das dunkle Loch der Verzweiflung glitt. Doch dann endlich, die Pobacken waren mit Striemen schon übersäht, schloss Janina die Augen und ihr Stöhnen bekam einen anderen Ausdruck. Sie schwang ihren Po jetzt luststöhnend den rhythmischen Hieben entgegen. Die orgastischen Wellen, die ihren Körper durchliefen begleitete Jenny mit extra scharfen Hieben, bis Janina endlich ganz flach auf die Sitzfläche der Couch in Erschöpfung niedersank. Jeff hatte das mit Faszination und Entsetzen beobachtet. Er hing die ganze Zeit mit den Augen an den in heftiger Bewegung befindlichen Frauenkörper. Er sah wie Janina mit dem ganzen Körper die auftreffenden Hiebe verarbeitete. Wie sich ihr Oberkörper bei jedem Treffer anspannte und sie sich leicht aufbäumte. Er beobachtete wie die Po Muskulatur anspannte, entspannte und später von allein zuckte. Es entsetzte ihn, dass Jenny nicht einmal davor zurückschreckte der armen Janina die Peitsche auch zwischen die geöffneten Oberschenkel zu schlagen. Die äußeren Schamlippen hatten schon dicke Striemen abbekommen. Er beSpaltet troff. Janinas Körper war mit Schweißperlen bedeckt. Die multiplen Körperbewegungen, so gering sie auch im Einzelnen waren, hatten ihren Körper erhitzt. Dann endlich hatte sie sich in dem finalen Orgasmus gestreckt und lag erschöpft auf der Couch. Sie atmete schwer als die nun zwischen ihren Oberschenkeln kniende Jenny ihre Zunge in ihre Spalte schob und fast von der ihr entgegen strömenden Nässe ersoff. Doch Jenny schluckte tapfer den Liebessaft ihrer Freundin herunter und leckte sie so intensiv sie es nur vermochte. Jenny ging so hingebungsvoll zu Werke, dass ihr nach kurzer Zeit der Gaumen dort schmerzte wo die Zunge entsprang. Sie leistete wirklich viel um ihrer lieben Janina einen weiteren Höhepunkt zu bescheren. Dabei hatte sie mit der stetig steigenden Feuchtigkeit ihrer lieben Freundin zu kämpfen.

Jeff beobachtete das Geschehen, er war von dieser ungeheuerlichen Hingabe in den Bann gezogen. Auch wenn die Peitschenhiebe an sich ihn sehr merkwürdig berührt hatten und er eher Mitleid dabei empfand, war die ganze Situation doch von prickelnder erotischer Spannung. Die knisternde Erotik hatte ihn mitgerissen und er suchte nach einem Weg sich aktiv mit ins Spiel zu bringen. Janinas Hand an seinem Glied überraschte ihn dann doch. Bestimmt dirigierte sie ihn in eine kniende Stellung direkt vor ihrem Kopf. Sie stützte sich auf den Unterarmen hoch machte ein Hohlkreuz um Jennys Werk nicht zu gefährden, dann nahm sie Jeffs Glied in den Mund und umspielte Eichel und Glied mit ihrer Zunge. Jeff war selbst erstaunt, dass er schon wieder in der Lage war seine Männlichkeit zu beweisen. Steif und fest bewies er seine Liebesbereitschaft. Janina erhob sich, legte sich auf den Rücken auf den Teppich vor die Couch, dirigierte Jenny auf allen Vieren zwischen ihre Oberschenkel und umschlang Jennys Nacken und drückte Jennys Mund zurück auf ihre Pussy. Jenny die mit abgesenktem Oberkörper den Po hoch in die Luft streckte, hatte ihre Oberschenkel gespreizt und bot so Jeff eine einladende Position. Der Wollte gerade der Einladung folgen da hörte er Jenny aus der tiefe zwischen Janinas Beine hauchen: „Gib mir erst ein paar mit der Peitsche, bitte." Jeff war diese Unterbrechung gar nicht recht, aber er wollte Jenny doch ihren Wunsch erfüllen und nahm die Peitsche in die Hand. Es gab einen Klatscher, der Lederriemen legte sich um die Rundungen von Jennys Po und hinterließ eine leichte Rötung. „Fester und ganz schnell, so zehn gleich hintereinander", hörte er es aus der Tiefe. Jeff holte ordentlich aus und schlug fest zu. Die Peitsche zeichnete kräftig rote Spuren. Zehn Mal hieb Jeff auf den ihm präsentierten Po ein. Jenny schwang regelrecht mit, gab keinen Laut von sich und kam dem Liebesdienst an ihrer Freundin unvermindert nach. Jeff Warf die Peitsche fort, kniete sich hinter Jenny und drang in sie ein. Auf wackligen Beinen verließen die beiden jungen Frauen das Apartment. In ihrer Wohnung angekommen kuschelten sie sich in ihrer üblichen Löffelstellung ins Bett und schliefen erschöpft ein.

Die Vereinbarung

Jenny und Janina waren übereingekommen zukünftig in einer lockeren Sexbeziehung Jeff mit einzubinden. In einer feierlichen Vereinbarung schworen sie sich jedoch, dass ihre reine Liebesbeziehung nur zwischen ihnen bestehen sollte und Jeff nur für ihre Sexspiele mit einbezogen werden sollte. Die Veranstaltungen die sie mit Jeff inszenierten nannten sie beide unter sich Orgien. Weiter kamen die beiden jungen Frauen überein, dass Jeff mit nach Mexiko fahren sollte. Sie kamen zu dieser Entscheidung, weil sie sich in Jeffs Begleitung sicherer fühlen würden.

New York im Dezember 2014

Gundula Evens

Fortsetzung folgt

Printed in Great Britain
by Amazon

49593083R00020